U0048001

貓派生活繪本

給一直以來在我身旁守護著我的

咪魯和櫻桃

我的貓派生活

原來你也是貓派

這裡再加一位貓派

一起變成貓派！

 夾!

[食蟲草]

[愛貓人]

怎麼好像
更溫暖了呢？

對貓咪來說，
磨蹭是「這是我的！」
的主權宣示。

磨蹭磨蹭

那麼

電腦是你的

冰箱也是你的

我·也·是·你·的?

怎麼辦～
我是你的～
是你的!

喵喵～ ♡

沐浴之後

沐浴後兩小時

沐浴後兩天

沐浴後一個禮拜

這就是貓咪～

你啊！
到底一整天
都在做什麼啊？

不能上進一點嗎？
讀點書也好啊～
或者去賺點錢也好啊～

不然的話，
打掃家裡也好，洗衣服也好，
隨便做點什麼吧！

突然又變冷了……

換毛的季節

. . .

 END

稍微大一點點的貓咪⋯⋯

你身上
有一種很好吃的味道

今天要不要來穿個
★綁帶背心呢？

★綁帶背心：在脖子後綁繩子的一種上衣

驚

放開！

快給我放開！

綁帶背心的悲哀

裙子

你一定要這樣嗎……

一定要互相依偎
才能睡得安穩～

• • • • •

那個，
是你剛畫好的圖嗎？

嗡嗡～

甩
甩
甩

把傷心都給喵也沒關係哦！ END

雲朵雲朵

飄

飄

嘿嘿！毛球狀的雲朵耶～

036

妳還不趕快把那些東西丟掉！

哈哈哈

今天

得做點正經事……
（但是我真的很不想）

看來真的沒辦法啦～

看來真的
沒辦法啦～ meow

我的名字是懶惰大神

我的目標就是
讓全世界所有的人類
都變得懶惰！

我要和喵們一起，
讓這個世界變得更加地懶惰！

在這樣的意義之下
你們就是我所創造出來的
完美成品！

但是

怎麼我也……

變得懶惰了啊……

我親愛的作品啊！
我現在要給你們
能夠征服人類的武器——

鬆軟的毛髮和
慵懶的午後陽光

慵懶的微笑

以及被陽光曬得
溫暖的輕軟椅子！

所有人類
都會因此變得懶惰的！

哈
哈
哈
哈
哈
哈
哈

毛髮梳

除毛梳

黏毛器

除毛用品明明有這麼多種，

但是為什麼
我還是沾得全身是毛？

嗯‧‧‧

果然最好用的除毛神器，
還是封箱膠帶啊～

Ⅰ.

這好大一團
究竟是什麼呢？

過了一個冬天
就成了好大一團了～

Ⅱ.

這是你的減肥食譜

ESTHETIC

脂肪分解按摩

減肥果然
還是需要運動

姐姐
要出門囉！

唉呦，真是的～

除毛的無限反覆

I.

帽子？

餡餅？

縮成一團的烏龜？

都不是～

這是冬天的被窩

Ⅱ.

啊，好冷～

快點出去

嗯

我要吃飯

我也要
　　　我也要

某個冬日早晨的風景

靜電

meow～

呼咇滋

好痛耶！

害我都醒了～

在那之後

欸，過來～

啊！

啊啊啊！

喚來孤單的靜電

疲倦的味道

關

聞　聞

今天有種
莫名疲倦的
　味道……

呼

原來你也是貓派

讓我來幫忙吧

貓零嘴

雷射筆

貓造型小物

謝謝！

到處亂飛的毛⋯⋯

原來你也是貓派!

很高興
認識妳!

春天來囉～

因為匯率的大幅變動，
　飼料和貓咪用品
　　都漲了好多。

已經過了一個小時……

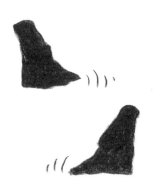

叮咚～

請在這邊簽名～

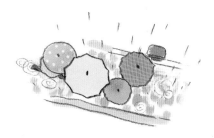

下雨的日子

小巧的
馬鈴薯～

小貓苗

嘰咿～

成群結隊

又濕又熱的夏天，
飛蟲襲擊的日子。

那個……
我想要養隻貓咪，
可以幫我畫嗎？

...

不行啦！
這傢伙看起來太會吃了！

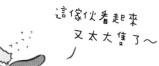
這傢伙看起來
又太大隻了～

就是他了！
他就是我想要養的貓咪！

抓

這就是
我在尋找的貓咪

跳水

跳高

划獨木舟

相撲

韻律體操

在睡覺期間進行的
貓咪奧林匹克大賽

噁心的故事

很神奇嗎？

大便消失了

還有一坨
很大的

因為已經四天
沒上了⋯⋯

● 貓咪的大腦結構 ●

睡眠期間
進行「貓生」的檢討

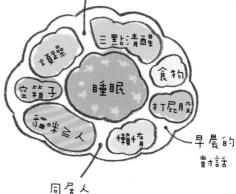

火頁氐果
空箱子
貓咪叉人
三黑占清西星
睡眠
食物
打屁股
懶惰
同居人
早晨的
對話

● 親人貓咪的大腦構造 ●

睡眠期間
進行「貓生」的檢討

惻隱
之心

豆子
一般大

火頁氐果
空箱子
貓咪叉人
三黑占清西星
睡眠
食物
打屁股
懶惰
同居人
早晨的
對話

END

喀擦

回來囉

meow

今天還開心嗎？

聞

聞聞

聞聞聞  聞聞聞

聞
聞 聞
聞 聞
 聞
聞 聞 聞
聞

呼 呼 呼 呼

還要
再一次嗎？

嗯！

啊啊，好香好香的肉味哦～

工.

meow

CRT螢幕

沒辦法把CRT螢幕
換掉的理由

CRT 螢幕的受難時代

微笑

喘 喘

馬上沾上的
乳液和毛

我才剛剛洗完澡啊……

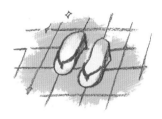

姐姐的味道

怎麼會

已經開始想念了～

有姐姐的味道

櫻桃啊～

櫻桃啊，
看看我啦～

櫻桃啊，
抬頭看看我啦！

櫻桃啊

哼

那個不是我啦！

分身

本尊

我在這裡啦！

為它們哀悼

爬爬爬

爬爬

爬爬爬

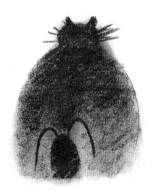

你是誰？

會是誰呢？
當然是來抓你的地獄怪客～

啊

為無數死去的他們哀悼

輕輕浮起

一起來尋找內心的平靜

我家貓咪們的毛色分別是

所以我呢～

春天 ● 偏綠卡其色

夏天 ● 偏藍綠卡其色

● 古銅卡其色

秋天 軍綠卡其色

冬天 墨綠卡其色

因為卡其色是——

就算沒有很認真地除毛，
也不會輕易被察覺的顏色。

當然，
也是我原本就偏好的顏色。

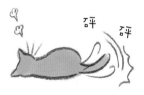

抽蓄

抽蓄

究竟是做了什麼夢？

逗貓棒

你不是說
只愛我嗎？

會一心一意
地對我！

我們不是
一直都很
要好嗎？

不要這樣…
你怎麼能
這樣對我…

拜託不要
！！！

不要把我丟下

櫻桃啊～
新的逗貓棒
買回來囉！

被拔得差不多、
剩沒幾根的毛　　還有
　　　　　　　臭臭的口水味

嗚嗚

嗚嗚

愛情怎麼會這樣說變就變？

他說
他只愛
我一個～

逗貓棒美女

他還說
他要永遠
和我在一起

玩具鼠妞

他也這麼
對我說過！

CAT
nip

玩具魚美人

他也對我們說過
一模一樣的話！！

跳跳球寶貝

失戀了轉組聯盟

真是
邪惡的貓咪！

聚會場所：
冰箱和廚房洗碗槽之間

貓咪都擁有感知
「新物品」的
「雷達探測器」

不行！
這是我才剛剛買回來的
全新筆記本！

啊～
這不是我今天
才剛拿出來的
馬克杯嗎?!

不行啦～～～
那是我一次都還沒
拿出門的新包包吶！

購買是妳的工作，
開封則是喵的任務～

總是只針對新物品……
嗚嗚嗚

人家一次
都還沒用過啦！

髮型

好可愛

咻咻

貝克漢頭耶，
哈哈

噗

哈 哈 哈
哈 哈
哈 哈

妳也夠了吧

驚

請你務必原諒
我的無知～

低聲下氣

這裡再加一位貓派

從工作室三樓往下看，
對面有一棟廢棄房屋。

咦！是隔壁小店的奶奶呢～

這裡～
再加一位貓派！

喘　　　　　喘

meow

傑克森・波洛克
（美國畫家，以「滴畫」聞名）

迅速
移動

安堅
（古代朝鮮畫家，擅長山水畫）

文森・梵谷
（荷蘭後印象派畫家）

咻
咻
咻

meowww

馬克・羅斯科
（美國抽象派畫家）

我的名字是懶惰大神，
在創造貓咪的那一刻，
我似乎也被世界知名畫家
給附身了。

吾園張承業！
（古代朝鮮著名畫家，備酒相邀，其畫一氣呵成）

是很偉大的人嗎?

……嗯

先來喝點酒吧

哈

現在
來畫畫吧

好了，
那麼來試試看吧？

嗝

振筆疾書

再⋯⋯
再一次

嗝

咻 咻 咻

再……
再一次！

你夠了哦！

呵呵呵呵

無力倒地

天啊！
渾身酒味！

好吧，
真是沒辦法

就算這樣
又怎麼樣呢

好像也沒……

…什麼關係……

附身在懶惰大神身上的畫家

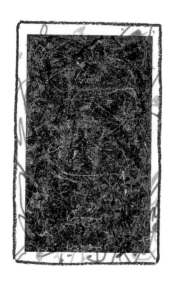

No.5
傑克森・波洛克
Jackson Pollock

四時八景圖——晚秋
安堅 An Kyōn

午睡 / 文森 · 梵谷 Vincent van Gogh

untitled
馬克 · 羅斯科
Mark Rothko

你的貓咪
是哪一位世界知名畫家的作品呢?

秋天

秋天走了

無言的抗議

烏龜

為什麼偏偏抓我的脖子啊?

希望不要被爸爸發現才好…

嗶嗶

我回來囉

蜷縮

看來在傷口痊癒之前，
得先當一陣子的烏龜了。

天啊！
你這傢伙輕點啦！

噢噢，
這傢伙真是……

熱

熱

之後某一天

又壞掉了！

這次我一定要
得把這個老骨董換掉才行！

妳要去哪裡？

拜拜掰～
馬上就會有
更好的螢幕來陪你囉！

更好的？

是啊～呵呵呵！

在那之後，
新來的 LCD 螢幕
雖然又乾淨又漂亮，

哇啊！

相對地，

沒有我可以
爬上去的地方……

又輕薄，又冰冷。

貓咪有著將不太好的東西
埋在土裡的習慣。

就算沒有可以埋起來的地方，
也會做假動作把東西埋起來。

不知道為什麼，
我突然沒有胃口了。

抓
抓

踩

喵甜蜜的家完成！

哦～你家還不錯哦！

如果
喵也想要
擠進去呢？

滾開！

不要

這是喵家啦！

推　　擠

抓

喵推

喵擠

喵抓

喵滾

塞得滿滿的多世代住宅，

移居成功！

喵是香蕉

喵是泡麵

同時也是鞋子

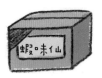

又是蝦味仙

meow

喵是貓咪

拚命咬 拚命咬 拚命咬

有怎樣的主人，就有怎樣的貓咪。

plain

貓本味

extra ordinary

陽光滋味

special

特別腳味

hard

就愛這口味

special

口臭很嚴重的
貓咪保羅

每次都在選擇的十字路口
停下腳步的我

適當的組合

比起二，還是三更好！

哇啊～
給喵超多食物的，
今天是怎麼回事？

豐盛

傻瓜，
給這麼多食物
的理由，

就是會有
這麼長的時間
不會回來啦～

真的嗎？

真的嗎？　大口吃

匆忙回家

迅速

呀嗚

來洗澡吧

嗚　嗚

嗚

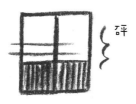

砰

〈幫貓咪洗澡的訣竅〉

隱密的計畫，迅速的動作。

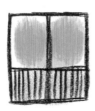

喵嗚嗚～

喵嗚嗚～

喵嗚嗚

喵嗚～

喵嗚～

呀阿阿

呀阿

呀啊啊啊

在浴室裡面
到底發生了什麼事？

好了！
結束！

恥辱和憤怒混合的心情

到底是怎麼回事？

快……快逃跑吧！

迅速

呀
啊
啊
啊
啊嗚
嗚嗚
嗚

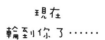

現在
輪到你了……

咻嗚〜

韓國電影《超能力者》中，
姜東元飾演的超能力者是
越發揮自己的超能力，
頭髮就會變得越來越白。

所以，
怪不得……

和我一起生活第七年的貓咪，
原本部分黑色的毛，
也開始緩緩地變成了白色。

你是不是一直在發揮
讓我可以
感受到幸福的超能力呢？

貓咪的眼睛
可以看到一切

不論是後悔

或者是回憶

還是已經消逝的愛情

無法從
座位站起來的理由

手機

I.

滋

滋

滋

滋
滋

滋
滋

滋
滋

是的，
　　您好～

II.

好難吃哦！

就跟我的
人生滋味
一模一樣

那麼，
喵的貓生不就是
每天都一毛一樣嗎……

．
．
．
．

呃……
好久沒開的貓罐頭，
今天要不要來一罐呢？

這傢伙有這麼
喜歡我嗎？

舔

舔  舔

等——等等！

回歸到靜電的季節

 *meow*

 *meowww ～*

毎次都很謝謝你

這女人又陷入自己的煩惱了吧～

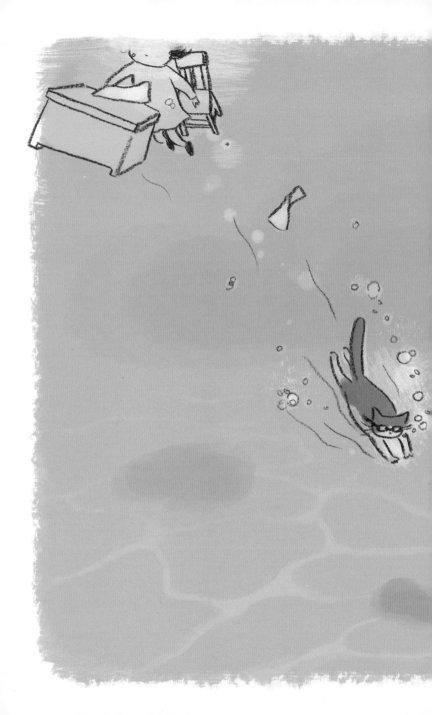

每次
都很謝謝你

無限感謝

一起變成貓派！

熟悉的腳步聲

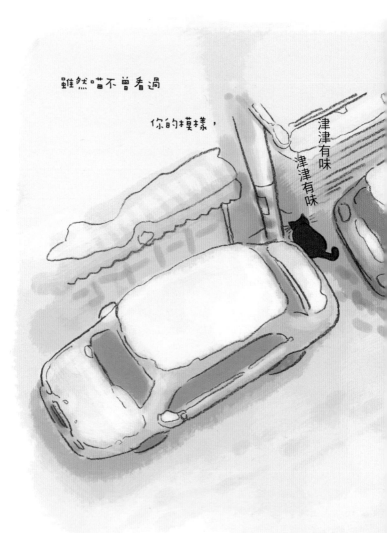

雖然喵不曾看過

你的模樣，

津津有味
津津有味

但喵一直都很感謝你！

 END

衛生紙小姐，回家途中被襲擊

屍體還原困難

「是那傢伙！又是那傢伙幹的！」

再這樣下去，我們都活不下去了！

橡皮擦小姐

這樣戰戰兢兢的生活

已經不是一兩天了！

這樣的事情，也不只是一兩次了！

就連我兒子在兩年前遇上「那傢伙」之後，現在還不知是生是死呢⋯⋯

嗚嗚

兩年前那一天

我絕對沒辦法忘記——

那傢伙開心的表情

以及他殘忍的遊戲！

阿姨

雖然
我很能體會
你的感受

但是，
復仇並不是
正確的路啊～

你說什麼
！！！

你真的能夠了
解我失去子女
的痛嗎？

雖然我不曾失去過子女

但我渾身上下卻都
曾經被那傢伙啃咬過

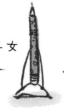

我身上的傷
也是那時候造成的，
真的好痛啊！

是啊

不要再說了
！！

你…你們
是怎樣

雖然我
也一度想要向
那傢伙報仇

但是，仇恨
只會帶來仇恨

比起我們
有勇無謀的爭鬥，
只會造成更多的犧牲！

首先，
我們應該要先釋出
友善的訊息！

和平的訊息被──玩弄了！

骨碌骨碌骨碌

固執鬼!

抓

抓抓

轉頭

啪啊啊啊

月~月

另一方面

吃嗯

欸

悄悄

吃嗯

欸～
打起精神啊！

欸！

搖

您還好嗎？

還
好...

這——

啊

這個聲音！

兒子！

媽...媽？

是啊～
我是媽媽

媽媽！

我好想你哦！

你長大了
連鬍子都長出來了～

嗯...

嗚哇～

媽媽！

就這樣，
有了令人感動的母子重逢畫面。
但是……

你！
被我抓到囉！

這傢伙！

已經不是
一兩次了！

撿
撿

真的
受不了！

在這之後，居民們依然……

在櫥櫃

得收在櫥櫃裡才行

這是哪？

媽媽，是洗碗槽下方

因為恐懼而顫抖著

meow～

meow～

繼續生活著……

the END

「我馬上就回來哦！」

一天

兩天

三　天

一個禮拜

十　天

一個月

「我回來囉！」

妳不是說妳馬上就會回來嗎……

妳又要出門啊？

唔……

乘車處○○

我的心就像是
被遺留在那裡一樣……

貓咪的療癒姿勢

· · ·

這樣就不冷了

這是貓咪的向光性

快點快點來吧！
來到深夜的懷抱

Good night，懶惰大神～
Good night，各位貓派～

貓派生活繪本

作　　　　者—SOON
譯　　　　者—莘苡慕
責 任 編 輯—林巧涵
執 行 企 劃—張燕宜
美 術 設 計—林庭欣
董 事 長—孫思照
發 行 人
總 經 理—趙政岷
副 總 編 輯—丘美珍
出 版 者—時報文化出版企業股份有限公司
　　　　　10803 台北市和平西路三段 240 號三樓
　　　　　發行專線—（02）2306-6842
　　　　　讀者服務專線—0800-231-705、（02）2304-7103
　　　　　讀者服務傳真—（02）2304-6858
　　　　　郵撥— 1934-4724 時報文化出版公司
　　　　　信箱—台北郵政 79 ～ 99 信箱
時報悅讀網— www.readingtimes.com.tw
電子郵件信箱— ctliving@readingtimes.com.tw
第一編輯部臉書— http://www.facebook.com/readingtimes.fans
流行生活線臉書— https://www.facebook.com/ctgraphics
法 律 顧 問—理律法律事務所　陳長文律師、李念祖律師
印　　　　刷—詠豐印刷股份有限公司
初 版 一 刷— 2013 年 12 月 13 日
定　　　　價—新台幣 330 元

貓派生活繪本 / Soon 著；莘苡慕譯. -- 初版.
-- 臺北市：時報文化，2013.12
　面；　公分
ISBN 978-957-13-5869-7（平裝）

862.6　　　　　　　　　　102024747